戀字靜心——楷體入門

使用說明

1.本書設計為八週的練習，前兩週為基本筆畫練習，後六週為部首主題訓練。此外，另提供八週對應的自主練習，與兩張自由練習。學習者可視自己的能投入練習的時間，自由調整為八天、八週、十六週、十八週等不同的學習週期。

2.「主題練習」主要是掌握該部件在不同位置的比例，版面是由筆畫少至多來安排，並依筆順提供灰底字供學習者描摹，並於下方全白欄練習自己完成一字。

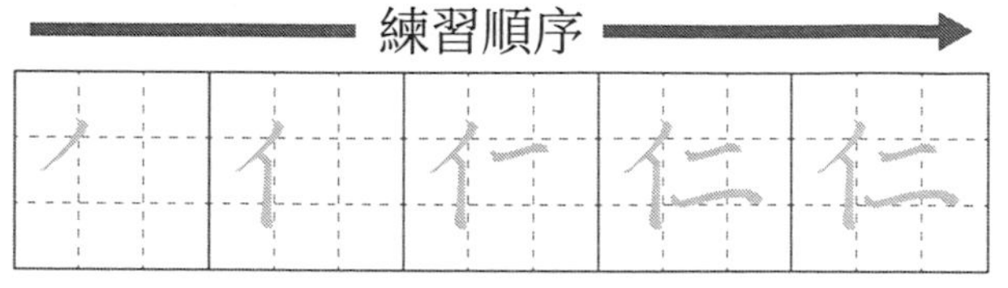

3.「自主練習」對應八週的主題練習，提供筆畫由多到少的灰底字，希望透過鷹架的漸進式拆解，讓學習者逐步掌握筆感。建議描一個字就自由書寫一個字，兩行書寫完會更能看見自己的進步。此外最下方另附有完整的灰底字與空白欄，作為此週的統合練習。

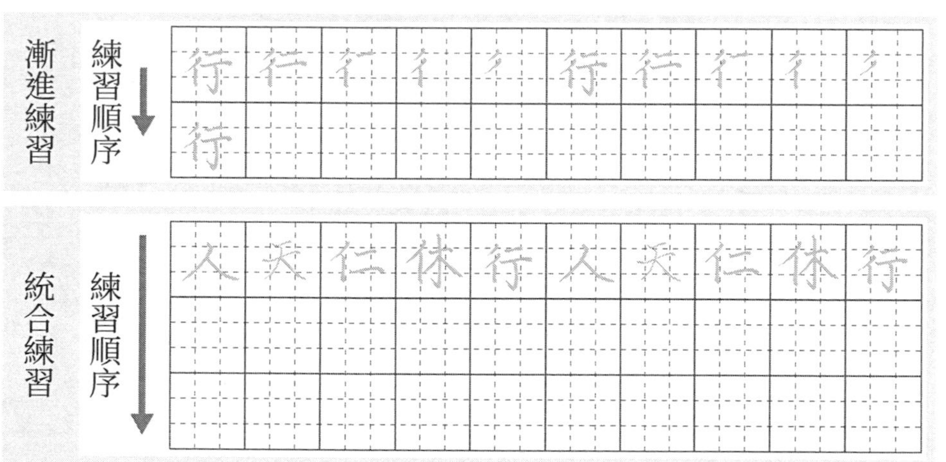

4.「自由練習」提供全空白頁以自行運用。本字帖在不同週次特意選用相近的文字部件來強化學習，學習者可以自行尋找相近部首的不同字來強化學習。

5.此外，同一頁可能有的字並非屬於該部首字，如要訓練「火部」，可能會放入「杰」字，而此字實為「木部」，於本字帖中置於同主題，是為了訓練「火部」的部件置於下方的書寫。如用以教學，可再跟同學說明，以免混淆部首的概念。

再次感謝您對「戀字靜心．楷書入門（一）」的支持，續集將於2023年冬季推出。

序

練字，是會上癮的。

練字練心，練字也能見心。沒有人的字跡是完全一模一樣的，每個人的字裡行間，都會不自覺流露出最真實的模樣，最真實的自己。

給孩子：

嘗試看看，靜下心來所寫出來的一筆一畫，都不會辜負你的認真。若能大量練字，以量變來帶動質變，你的字，會逐漸變成你最喜歡的模樣，變成你專屬的字體，獨一無二，無人能取代。在寫字風格尚未定型的此刻，是最容易練出一手讓人驚艷美字的最佳年華。

給大人：

仔細想想，有多久沒有靜下來坐下來認真提筆慢慢寫好一個字了呢？一張紙，一枝筆，加上一顆渴望寫字的心，就可以換得另一個全心全意專注投入的獨享世界，沒有塵務經心、沒有案牘勞形、沒有流言蜚語、沒有半獸人豬隊友慣老闆，只有你，與自己的美字。

我們一起來練字戀字，戀字成癮。

第一週

橫、豎、點、撇、捺

橫畫起筆重，中間輕，末端稍微回勾。整體感覺不是生硬的直線條，而是有一點弧度的輕快靈魂。

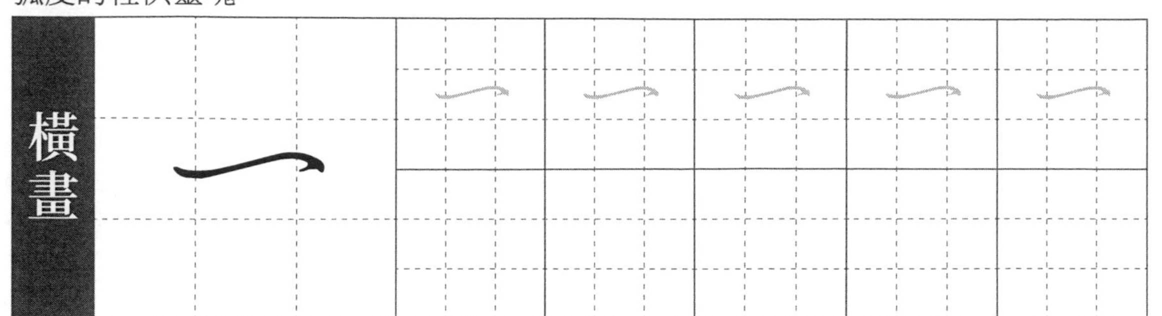

豎畫起筆重，字口會稍微明顯，往下要漸輕，最末端快速收起力道，形成尖鋒收尾。

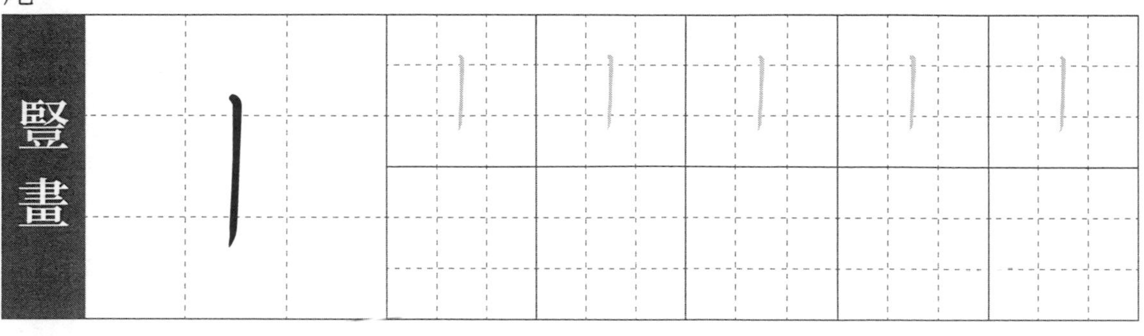

點畫起筆輕，收筆重，向右點則往左回勾，向左點則往右回勾。整體點畫要有可愛圓潤的弧度最佳。

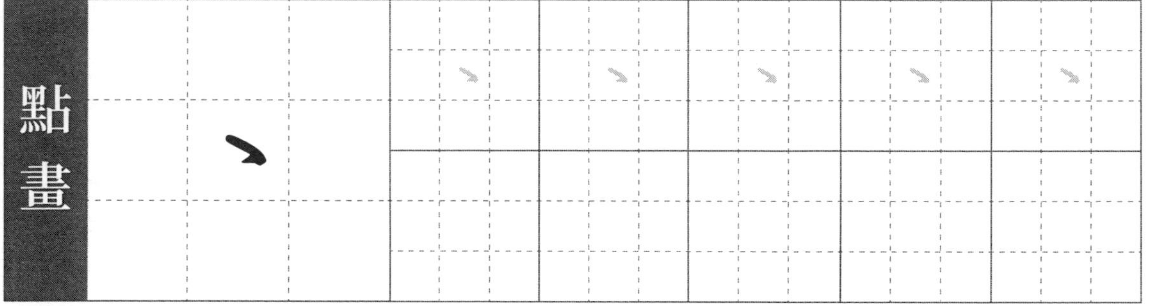

撇畫起筆重，字口會稍微明顯，收筆輕快，弧度輕巧活潑，形成短尖收尾。

捺畫起筆輕，可先平行向右一點點再往右下前進，漸漸加重力道，到最末端時停頓後向右平行收尾，收筆輕提，留下尖峰但不要向上翹起。

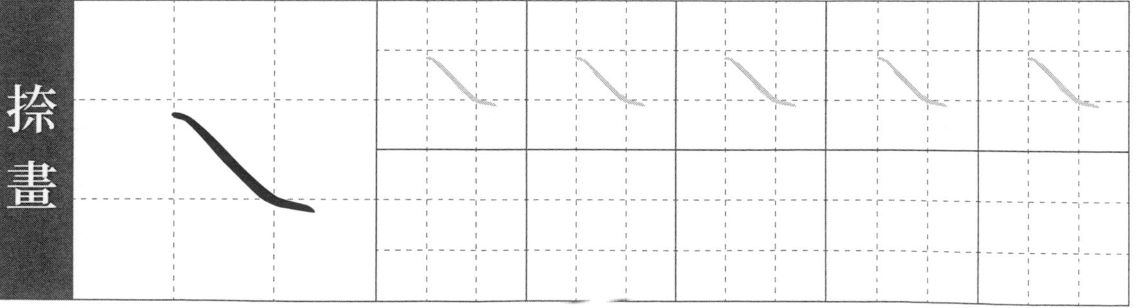

第一週筆畫自主練習

第一週筆畫自由練習

第二週

短挑、長挑、豎鉤、橫撇、橫豎

起筆重，留字口，像是寫一個Nike的勾勾，收筆輕且短，留下尖端收尾。

寫法同短挑，起筆重留字口，往右上挑筆長一點，收筆輕快，留下尖端收尾。

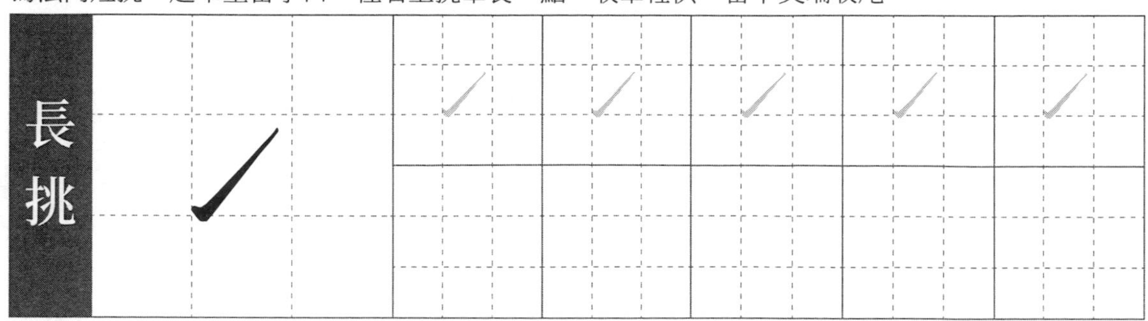

起筆重，留下字口。往下寫的速度輕快流暢，到最下面才稍作停頓，往左勾起小鉤，收筆輕快留尖端。

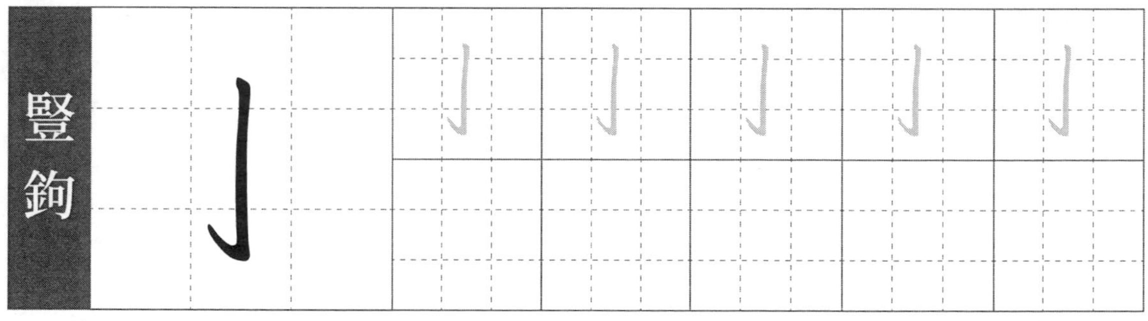

起筆重留字口，往右走的時候給一點輕快的弧度，到末端停頓後往左45角勾去，留下尖勾收尾。

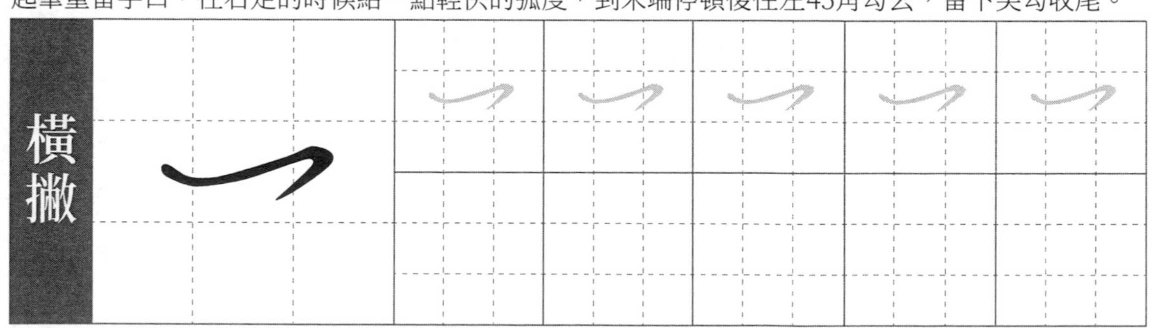

起筆重留字口，往右走的時候有一點輕快的弧度，到末端停頓並加重力道後準備轉換方向，會留下一個像肩膀的折角，注意折角不要過大，老是聳著肩壓力會很大，轉換方向往左下方約60度角，最末停頓回筆收尾。

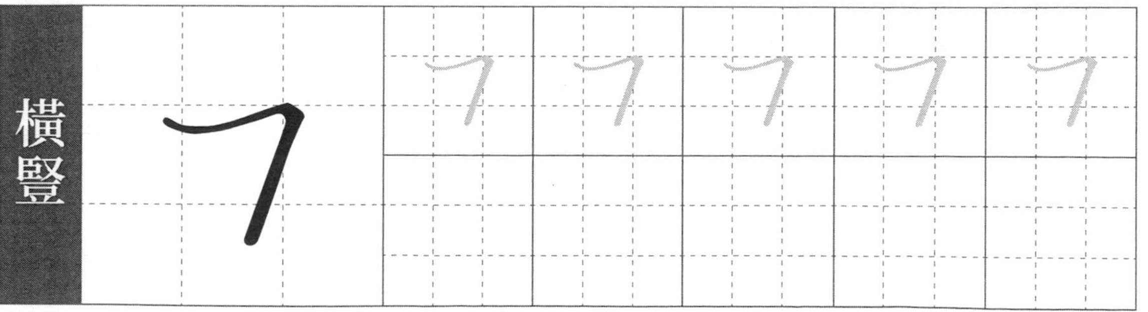

第二週筆畫自主練習

第二週筆畫自由練習

第三週

人、天、仁、休、行

人字起筆重，留字口後歡快往左下走去，留尖峰收尾。第二筆往右下走去，收尾重用捺筆收尾。兩隻腳差不多長短才會站得穩，當個頂天立地的人，歡快地行走人間。

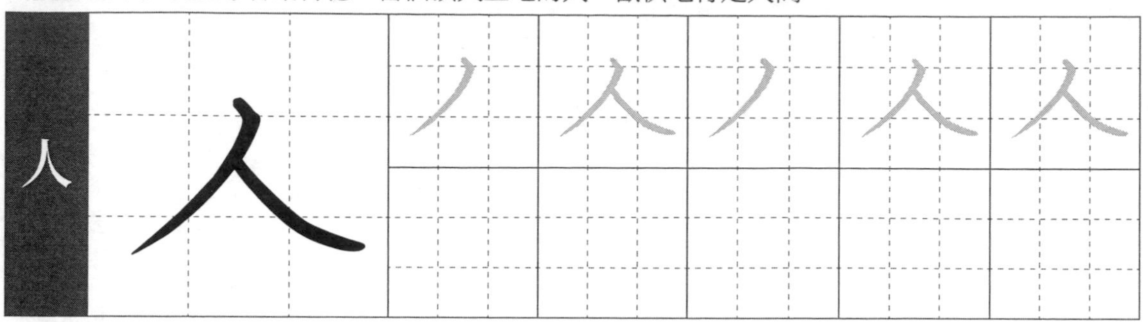

天字第一橫筆與第二橫筆平行，書寫時略往左上延伸，較有動態美感。底下以「人」支撐起整個天空，雙腳站得愈穩愈平衡，撐起的天空愈遼闊。

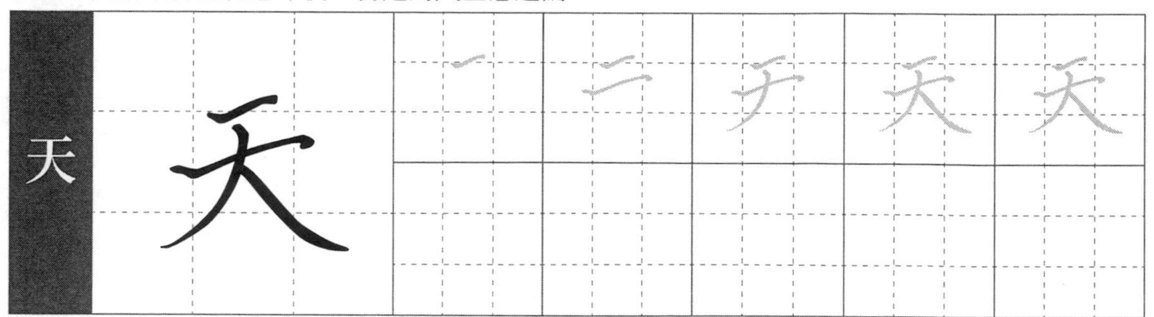

仁字左撇起筆，留尖峰。第二筆豎畫往下回筆收鋒，可略長，佔整體文字的二分之一長度。
右邊兩筆橫畫寫法，起筆重留字口，第一筆在左撇與豎畫平行位置，略向右上，回筆收鋒。第二筆在豎畫的三分之二平行位置，略向右下，回筆收鋒。兩筆橫畫非完全平行，可以稍微有點弧度，提升文字整體的美感與活潑度。

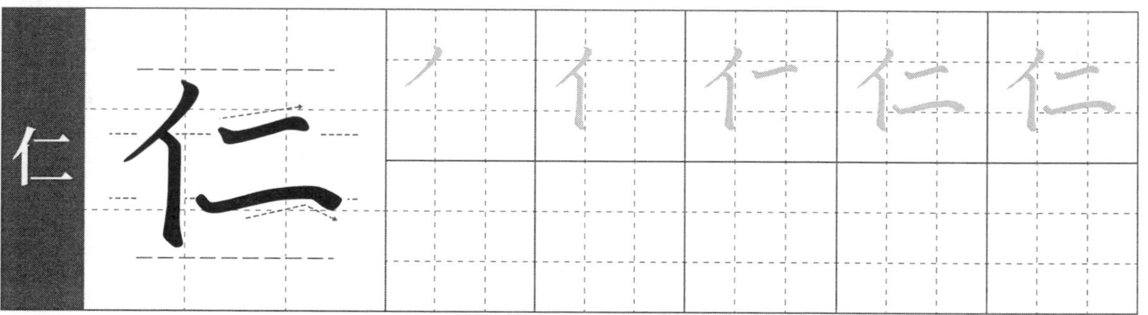

休字左邊的人字略小於右邊的木字，豎筆可略短。右邊木字的的直豎長於左邊的人部，起筆留字口，往下拉起45度角勾勾，左撇稍微避讓，不要過長，在碰到人部之前收尖。最末筆捺畫收尾，和旁邊的豎鉤及左撇成為一個有弧度的半圓。

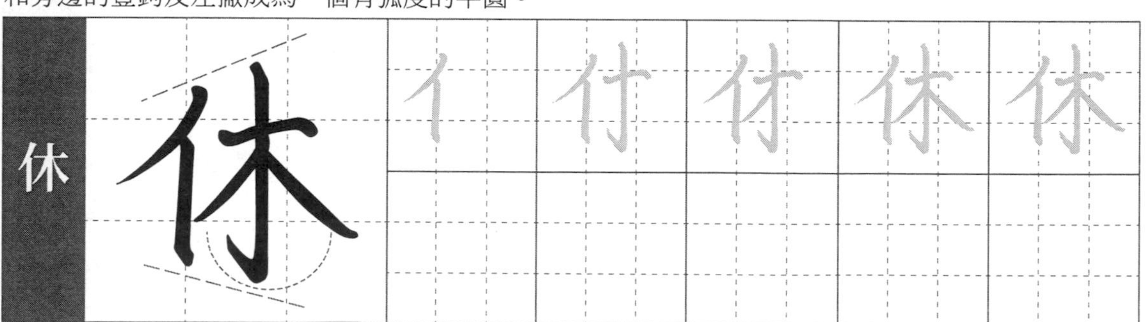

行字的兩筆左撇短促且平行，第三筆豎畫不用太長，末筆記得回鋒收尾。右邊第一筆橫畫位置約在左邊兩個左撇的中間，橫筆寫法一樣是起筆重留字口，有點弧度地向右延伸，並回鋒收筆。第二筆橫畫位置約與左撇與直豎交接處平行，同比第一筆橫畫略長。最末筆下行，稍微有點弧度後45度角左勾收尾。行字左高右低，兩者沒有平行，塑造出行走的速度感，更增添文字美感。

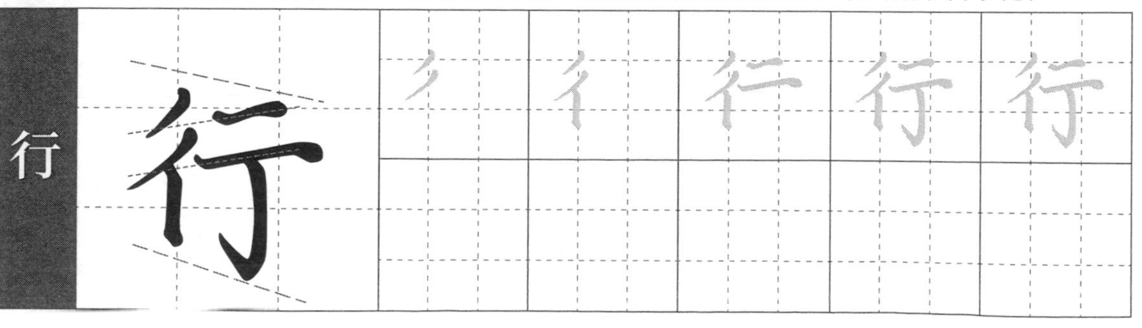

第三週部首自主練習

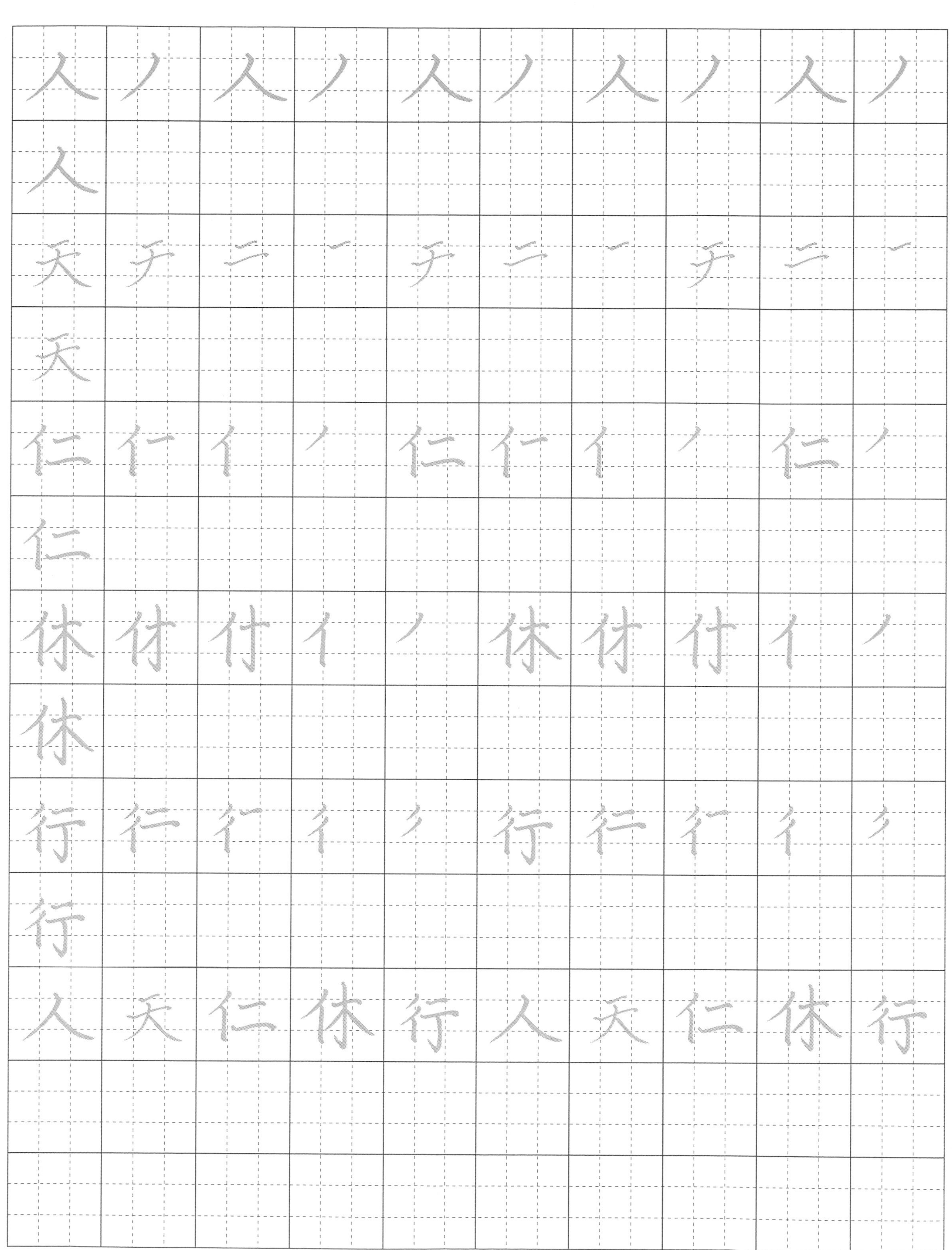

第三週部首自由練習

第四週

木、李、果、東、村

木字整體平衡且端正，所以盡量讓左右平衡分配。左撇與右捺角度與位置相對，與中間的豎鉤形成半圓形弧度，讓自己站得又正又穩又不失圓融。

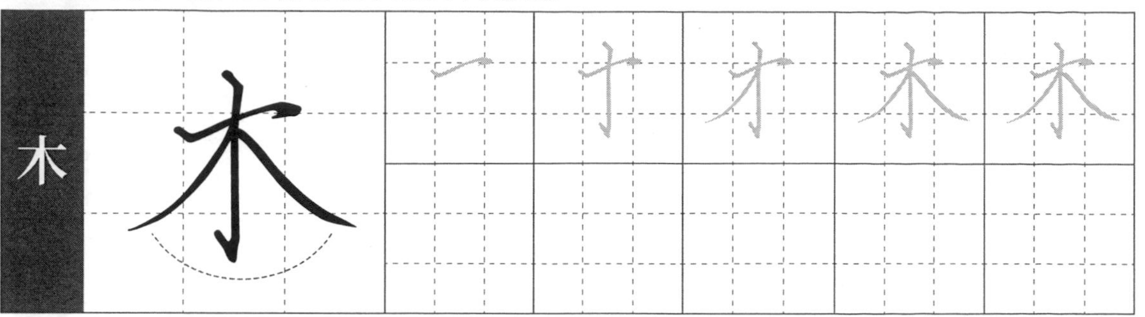

李字可有兩種寫法，主筆在上橫畫或在下橫畫，範本以主筆在下橫畫為示範。主筆為整體壁筆畫中最搶眼的一筆畫，一個字通常只有一個主筆，可以突顯出文字的美感與變化。主筆在下橫畫，因此上面的木字刻意收斂，不將筆畫拉得過長，搶了主筆的風采。

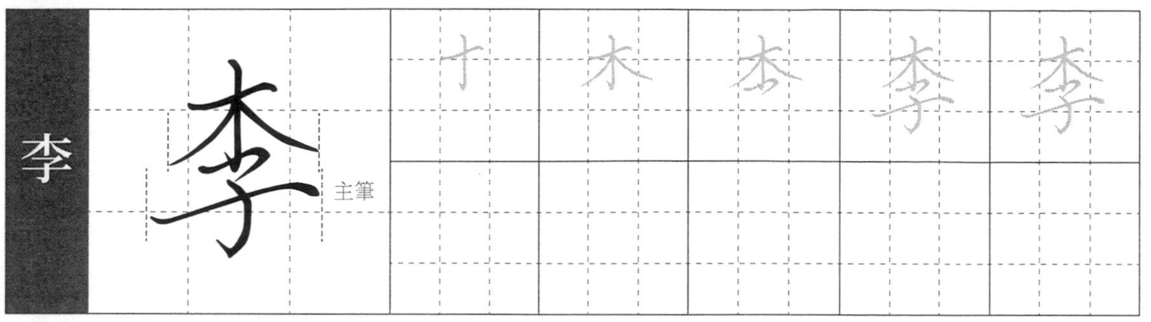

果字左右對稱，因此盡量讓左右筆畫平均分配，讓整體看起來穩重而剛毅。上面的田字可以稍微內縮，像畫出一個顛倒的梯形，看起來才不會讓整個字頭重腳輕。下面木字一樣畫出半圓形，站得頂天立地，負重亦不屈。

東字寫法與果字略同，盡量讓左右平均，腳底半圓頂天立地。書寫正中間的日時一樣畫倒梯形，稍微把自行壓扁，讓整體感覺更平均，不會有頭重腳輕的負荷。

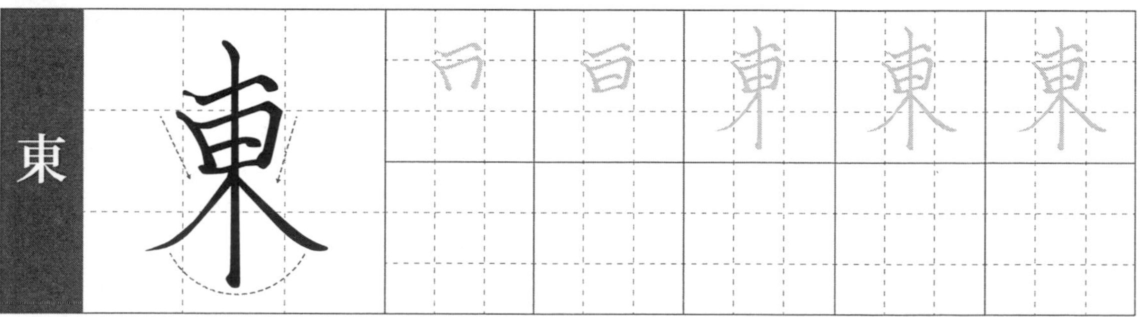

村字寫法左略小於右，但不用讓大小落差過大，只是不須完全齊平書寫，以免顯得呆板。左邊的木因為要避讓右邊的筆畫，所以將右捺變成右點，以免與右邊的筆畫打架。

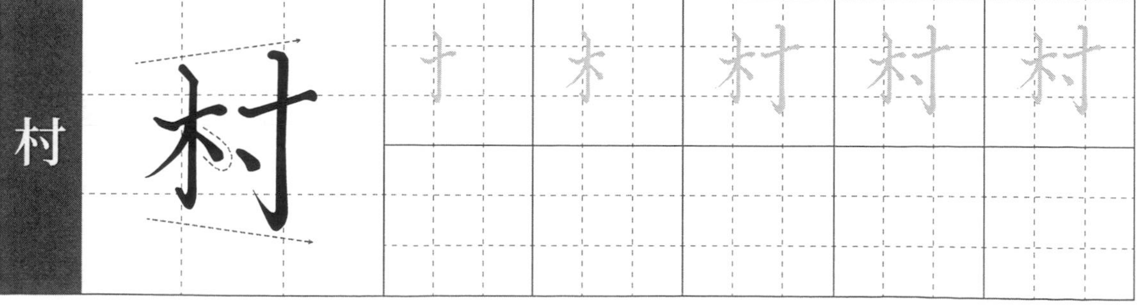

第四週部首自主練習

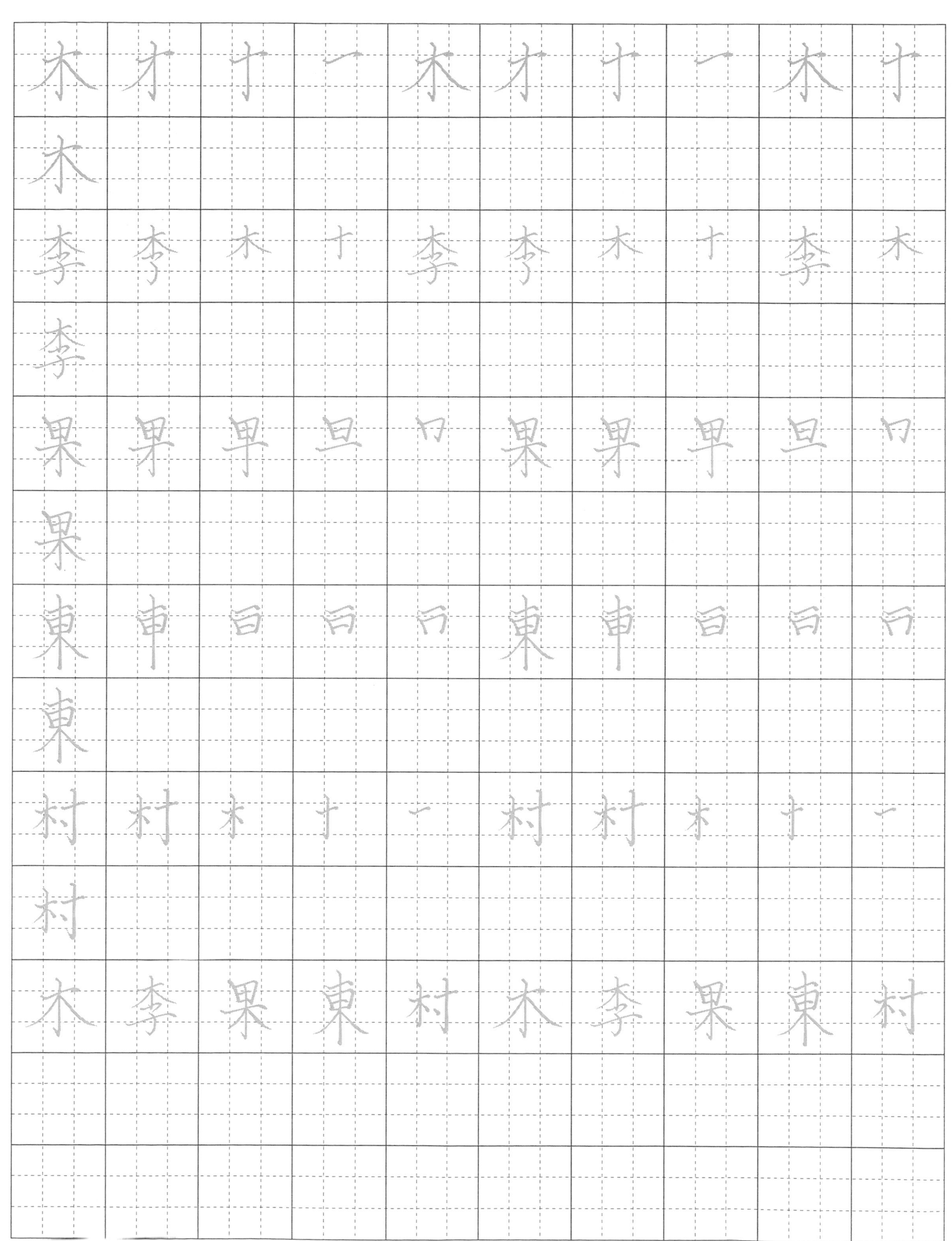

第四週部首自由練習

第五週

口、石、可、信、和

口字筆畫簡單，為寫出不同美感，所以刻意寫成倒梯形，上寬下窄的寫法，讓整體比較不會那麼死板。口字最末收口時可以讓筆畫略微突出超過，也可以增添字形的變化感。

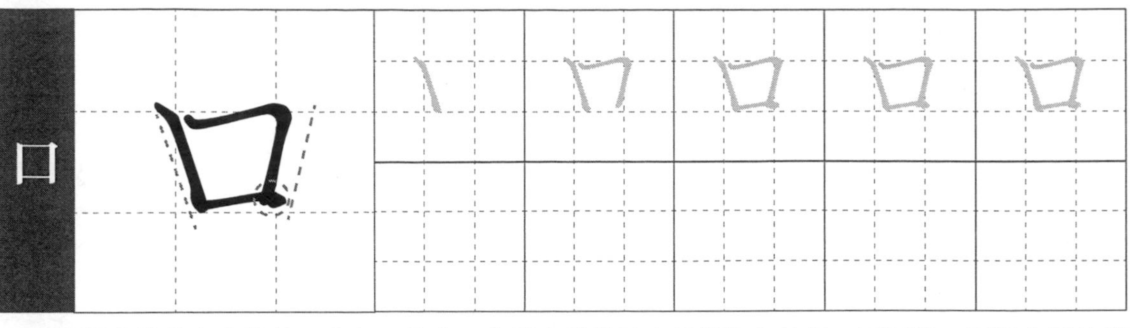

石字的橫畫約佔九宮格的三分之一長度，左撇自橫畫正中起筆往左拉長。下面的口可與上面的橫畫平行齊長，並寫成上寬下窄的倒梯形增加字形的美感。

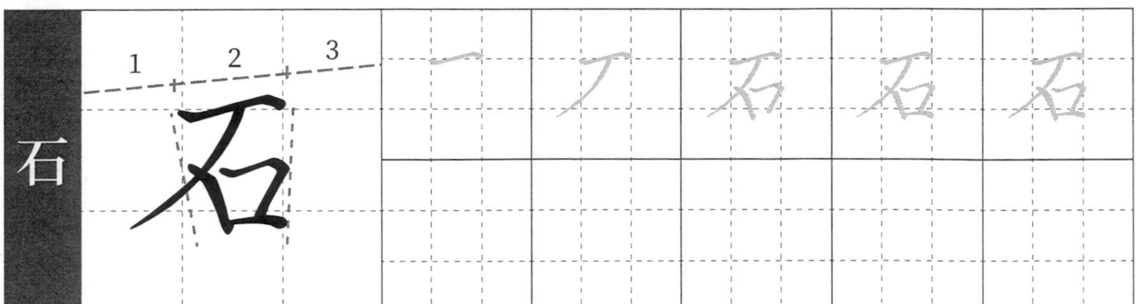

可字以第一筆橫畫為主筆，所以書寫時可以刻意拉長一點。接著書寫上寬下窄的倒梯形口字，最後再寫豎鉤，豎鉤與橫畫連接處可以用比較明顯的字口連結，會讓整體有不同的美感。

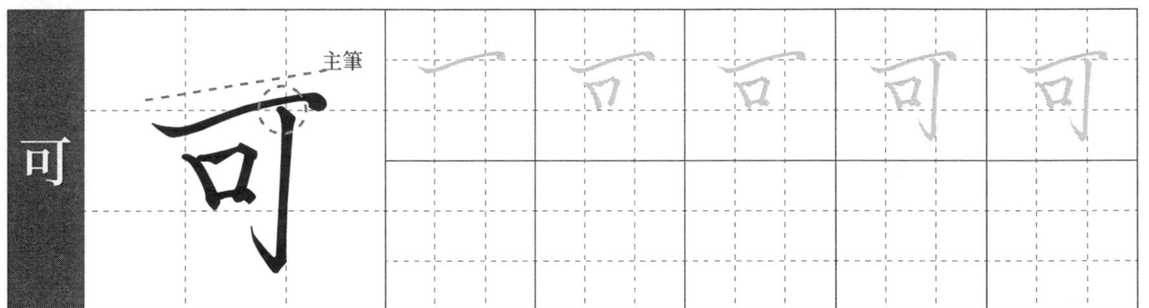

信字給人感覺是一個方正且堅定的字，所以寫法會比較強調直線的感覺。先寫出左邊的人部，人部的直豎可以有字口與收筆的感覺。再寫右邊的言字，言字的三筆橫畫平行，中間間距相同，第一橫畫為主筆故要較下兩筆橫畫為長。再寫上寬下窄的倒梯形口字，這個口字可以配合左邊的人部來調整大小，讓左右兩個字齊平，成為一個漂亮的方形字。

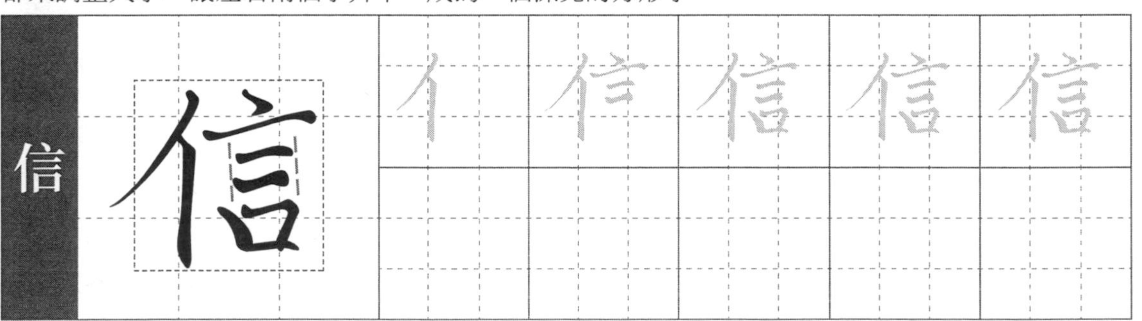

和字的左右占相同比例，故左邊的禾部會寫一個端正的長方形，最末筆的右點為避讓空間所以不會點太長。右邊的口字配合左邊的禾字，寫得略微方正狹長，起筆高度與禾字的橫畫齊高，收筆高度約為禾字的三分之一高度。

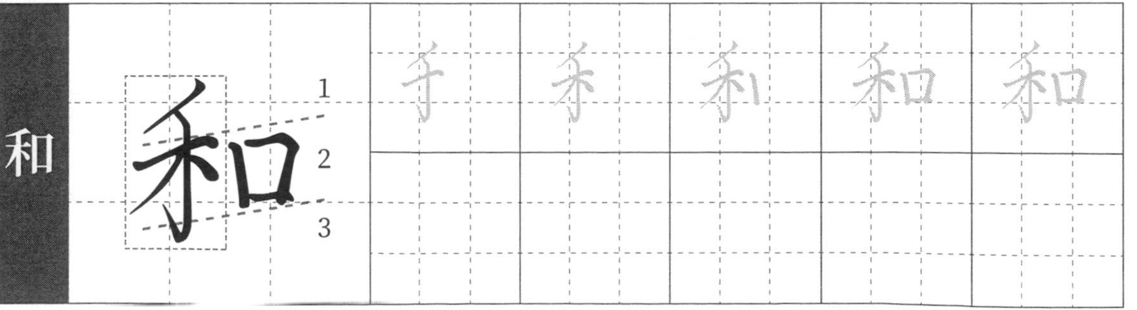

第五週部首自主練習

口	石	可	信	和	口	石	可	信	和

第五週部首練習

第六週

日、早、明、很、是

日字寫法以方正端正為主，寫一個狹長的長方體，起筆留字口，第二筆銜接時可以不用完全接合，轉折處直角90度往下，留一點小鉤。中間一筆平均切分兩個空間，最後一筆完美將長方形結合起來。

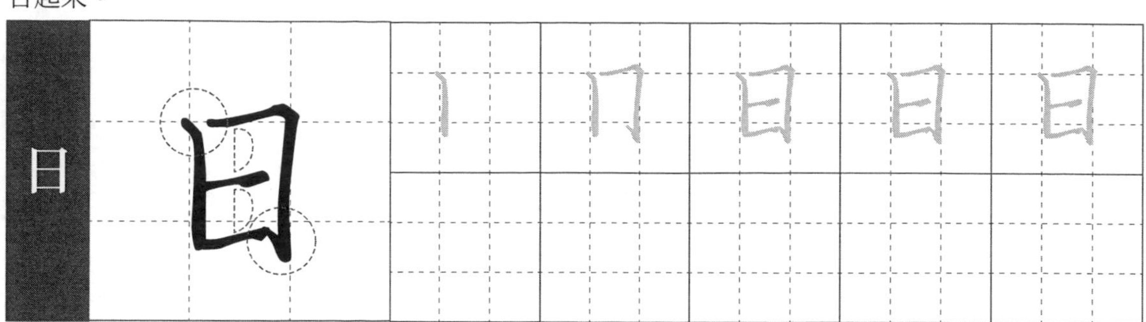

早字上面的日字要稍微壓扁，且直豎筆畫皆往內縮，形成倒梯形，整體美感較佳。下面的橫畫是主筆，可以拉長，強調比重。最後一筆豎畫以垂尖收尾。

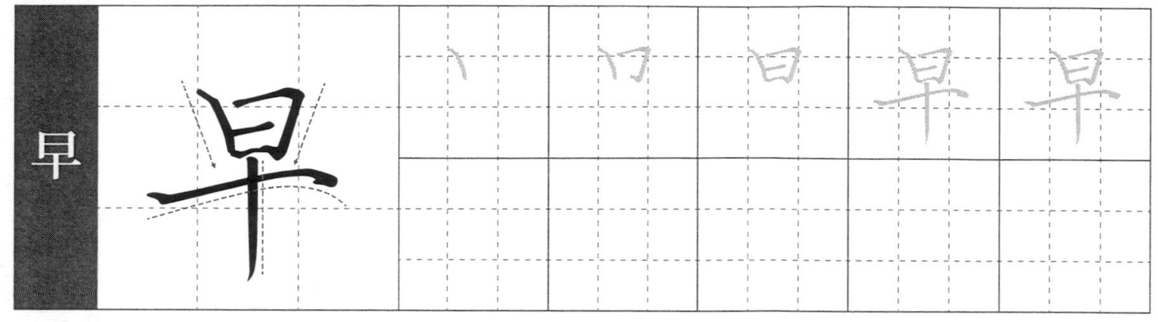

明字左右對稱均分，左邊日字偏小，右邊月字纖細修長，約為日字的兩倍長。

很字左右兩邊齊平。左邊的彳部兩筆左撇的起筆處齊平，直豎修長。右邊的艮字起筆後轉折向內，底下的末三筆豎鉤、左撇與右捺不用完全齊平，有錯落美感更佳。

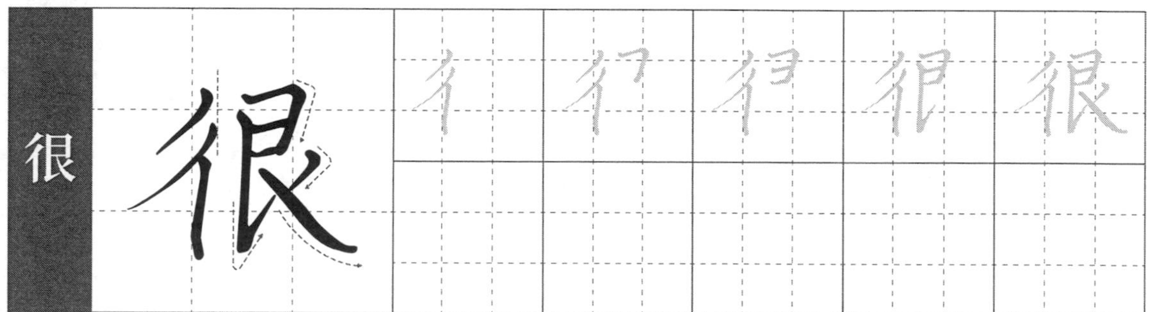

是字分為上下兩部分，上面的日宜收束，方正修長置中，約為疋的一半大小。下面的疋末兩筆往左右拉長，讓底部站穩，塑造頭輕腳重的穩定感。

第六週部首自主練習

日				日				日	
日									
早					早				
早									
明	明				明	明			
明									
很					很				
很									
是					是				
是									
日	早	明	很	是	日	早	明	很	是

第六週部首練習

第七週

火、灰、災、炒、杰

火字寫法兩點鉤跟撇，筆畫可以寫得稍微重一點，但注意兩筆畫不要齊平，左邊的鉤畫稍微低於右邊的撇畫，兩邊連寫有勾連感，像是寫出一個無限符號∞一樣。接下來的人字記得雙腳站穩，頂天立地即可。

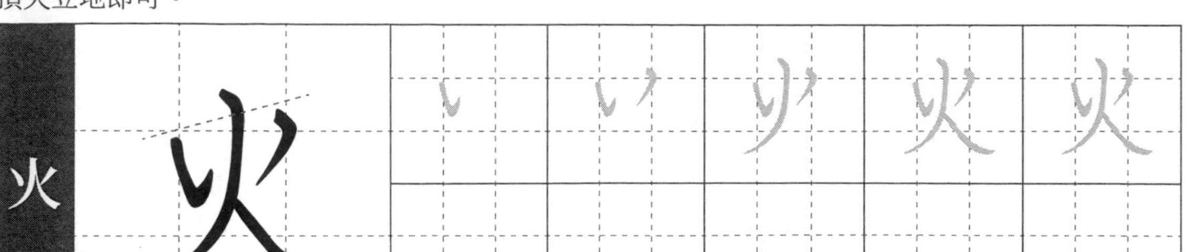

灰字是一個漂亮的方塊字，故不論是左上的部件還是下面的火，都不會超過長方形的範圍。先寫一向右橫筆，第二筆左撇起筆位置約在橫筆的三分之二至二分之一間，不要太偏，會讓整體方形字失衡。底下的火是主要筆畫，故可以放大書寫，但注意不要超過上面部件的範圍過多，讓兩個部件能夠平衡融合。

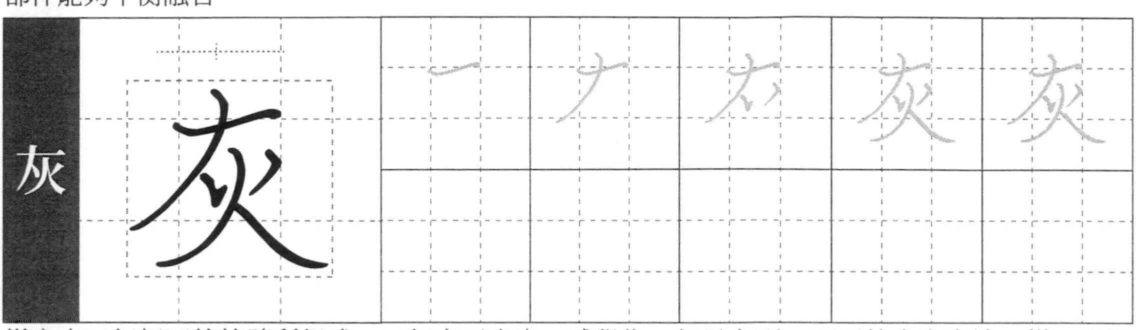

災字由三個相同的符號所組成，三個齊平書寫，感覺像一個長方形。下面的火字寫法一樣，不過配合上面的部件，故下面的火會稍微壓扁壓低， 讓整體平衡。

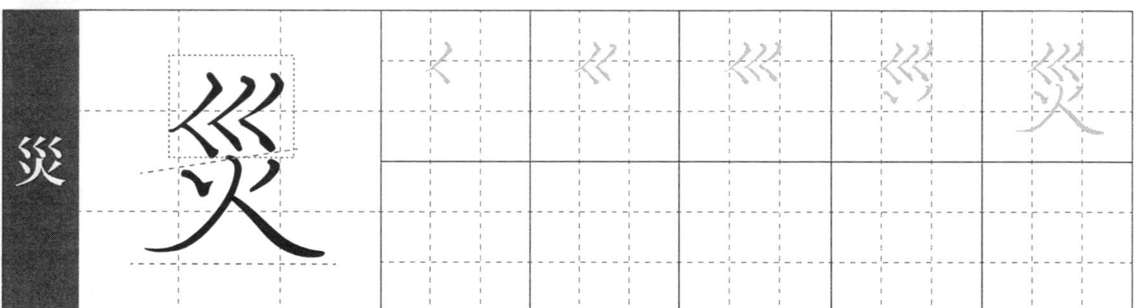

炒字分左右兩邊，左邊的火為讓右邊的少有延展空間，故稍向左上避讓，最末筆的右捺改為右點，讓左邊的少有比較大的發揮空間。右邊的少配合左邊的火，整體偏右偏下，少字起筆較低，約與火部的右撇同高，最後一筆撇畫拉長，半包圍住左上的火部。

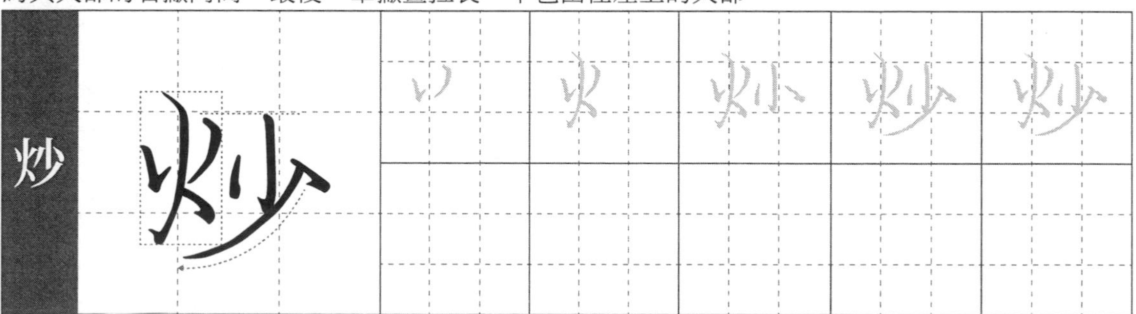

杰字上面的木筆畫同之前練習的寫法，向右橫筆之後是豎筆加鉤，左撇與右捺的範圍不要超過上面的橫筆。底下的火部四點的最左邊為向左點大點，起筆位置約為上面的木字左撇的最末端；同樣最右邊的點為向右點大點起筆位置約為上面的木字右捺的最末端。中間兩點為小點，稍微偏左或偏右往下，讓四點平均分配位置即可。

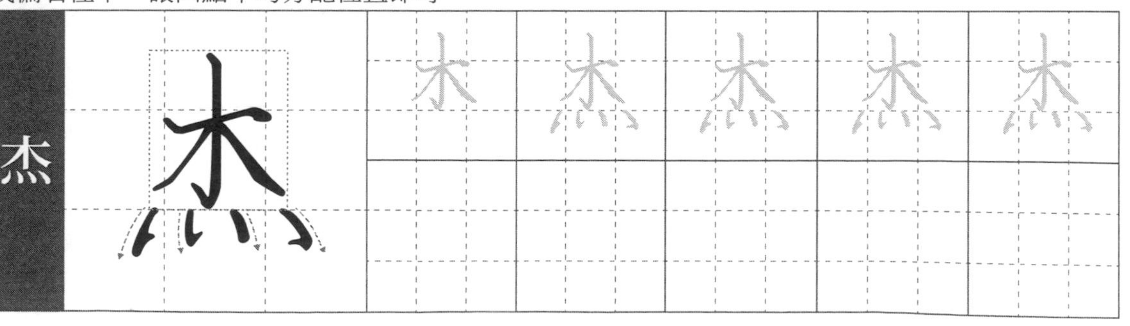

第七週部首自主練習

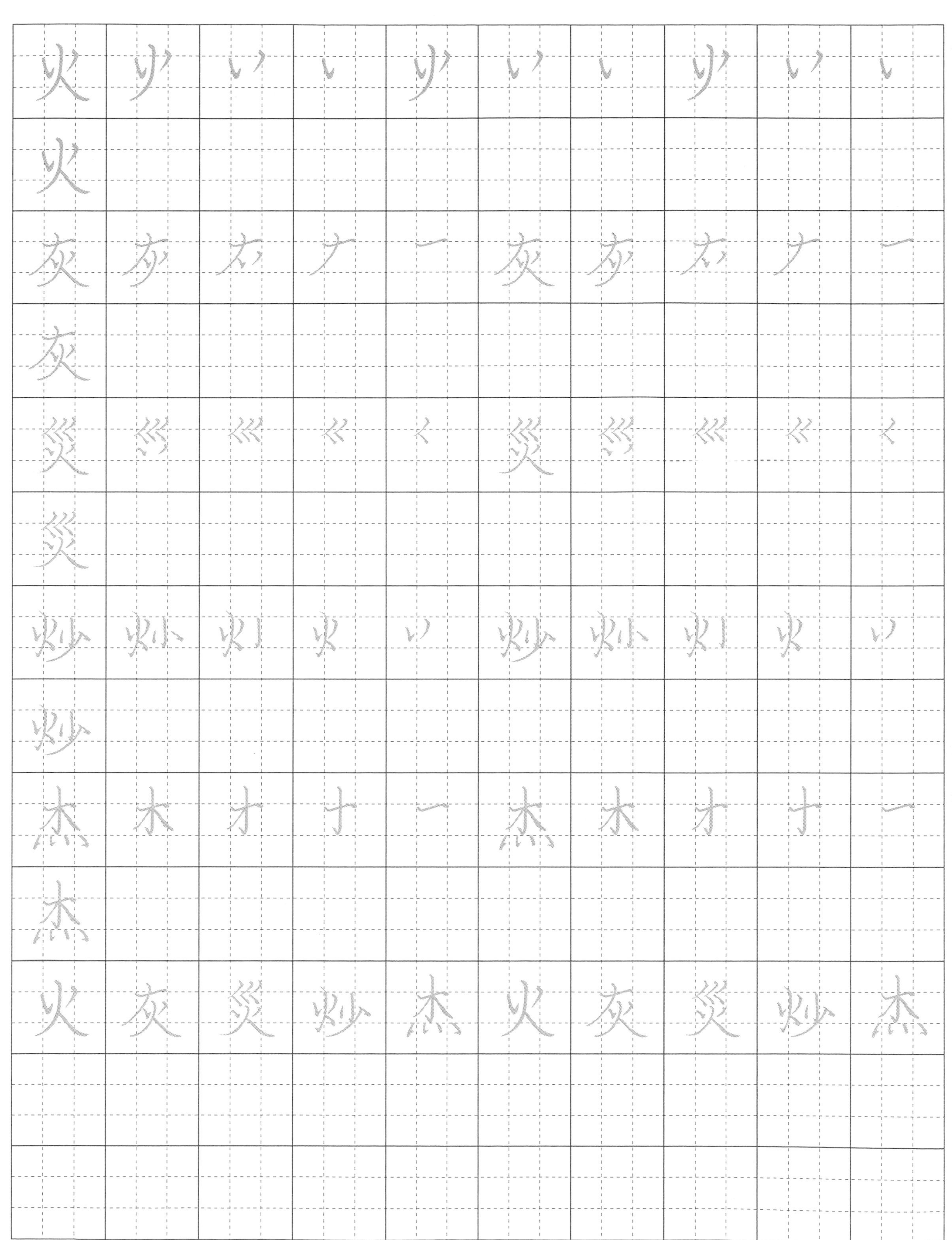

第七週部首自由練習

第八週

水、丞、求、江、汗

水字整體比較有圓形的弧度，直豎左鉤之後，第二畫連筆往左撇，左撇不超過豎筆長度。第三畫左撇起筆略高於第二畫，第四畫右捺拖曳長度不要超過豎筆長度，讓左撇、右捺與豎筆在底下形成一個半圓弧。

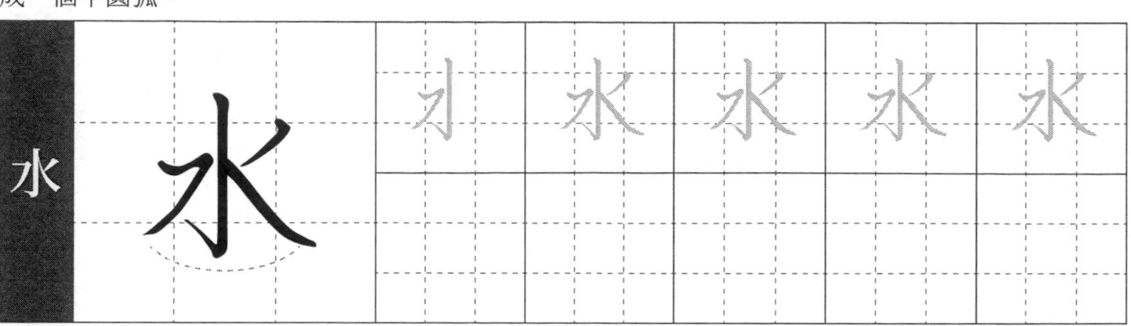

丞字可拆解為一個了字加上水字再加上橫筆。了字起筆置中，書寫時略有弧度，中間同水部寫法，最後一筆橫筆略長於了字橫畫，但不要超過水字左撇右捺的範圍。

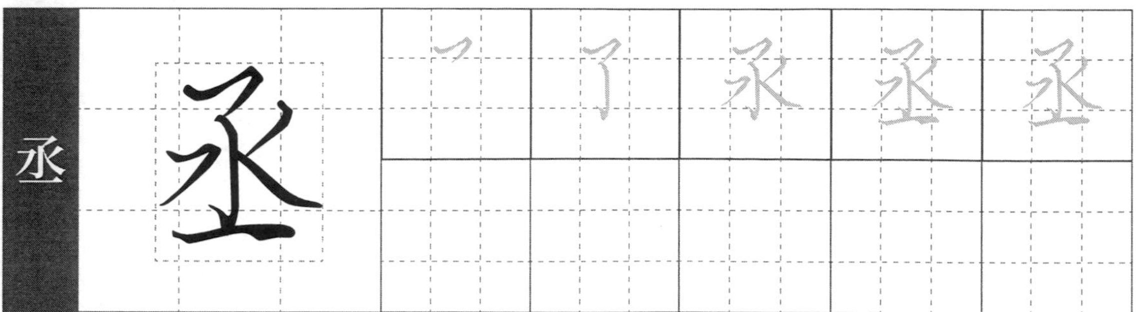

求字起筆橫畫往略往右上，配合最後一點較能表現出不同的美感。底下寫法與水部略微不同，原先的左邊連筆改為沒有連貫的右點與右挑不與中間的豎畫有所接觸；而右邊的左撇與右捺則與豎畫連結，讓簡單的筆畫表現出不同的美感。

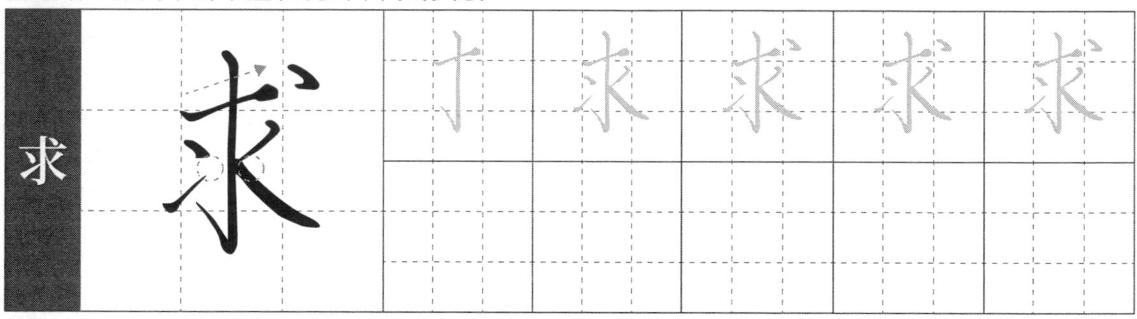

江字的水部三點書寫時要有連貫感，寫出有點藕斷絲連的感覺，三點會在左邊形成半弧形，故距離別拉得太遠。右邊的工字兩筆橫畫穿插於三點水的中間，形成錯落又緊密的美感。

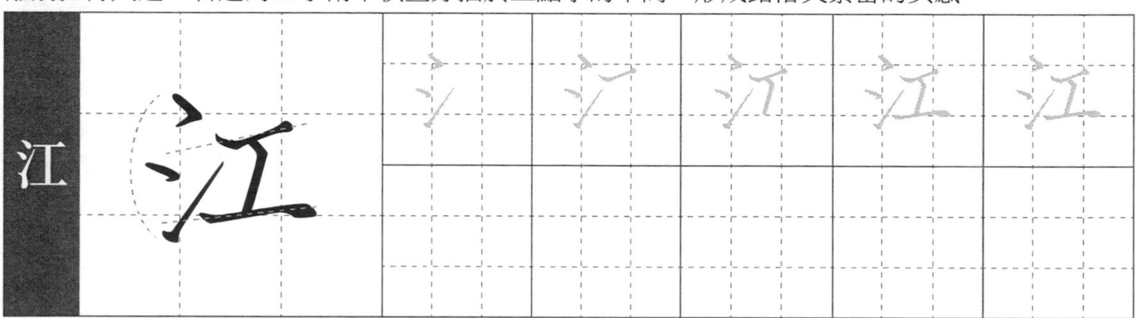

汗字的水部三點書寫時要有連貫感，寫出有點藕斷絲連的感覺，三點會在左邊形成半弧形，故距離別拉得太遠。

右邊的干字兩筆橫筆，第一筆與水部第一點齊平，第二筆橫筆則是介於第一點與第二點中間，最後用垂尖的豎畫貫穿，豎畫宜略長過水部第三點。

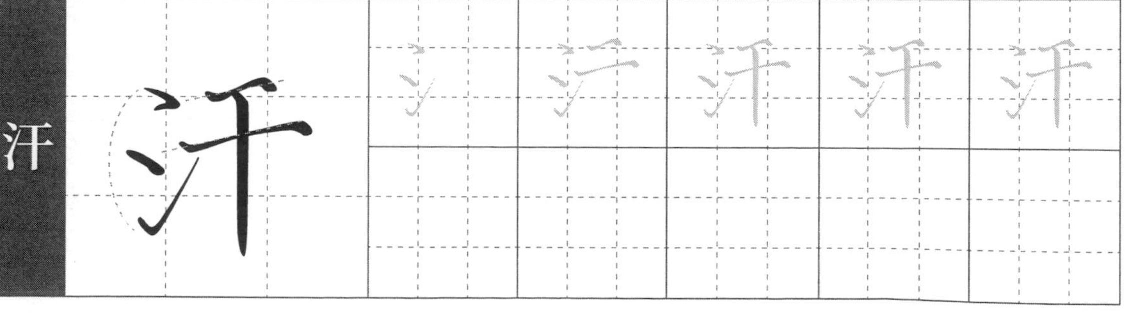

第八週部首自主練習

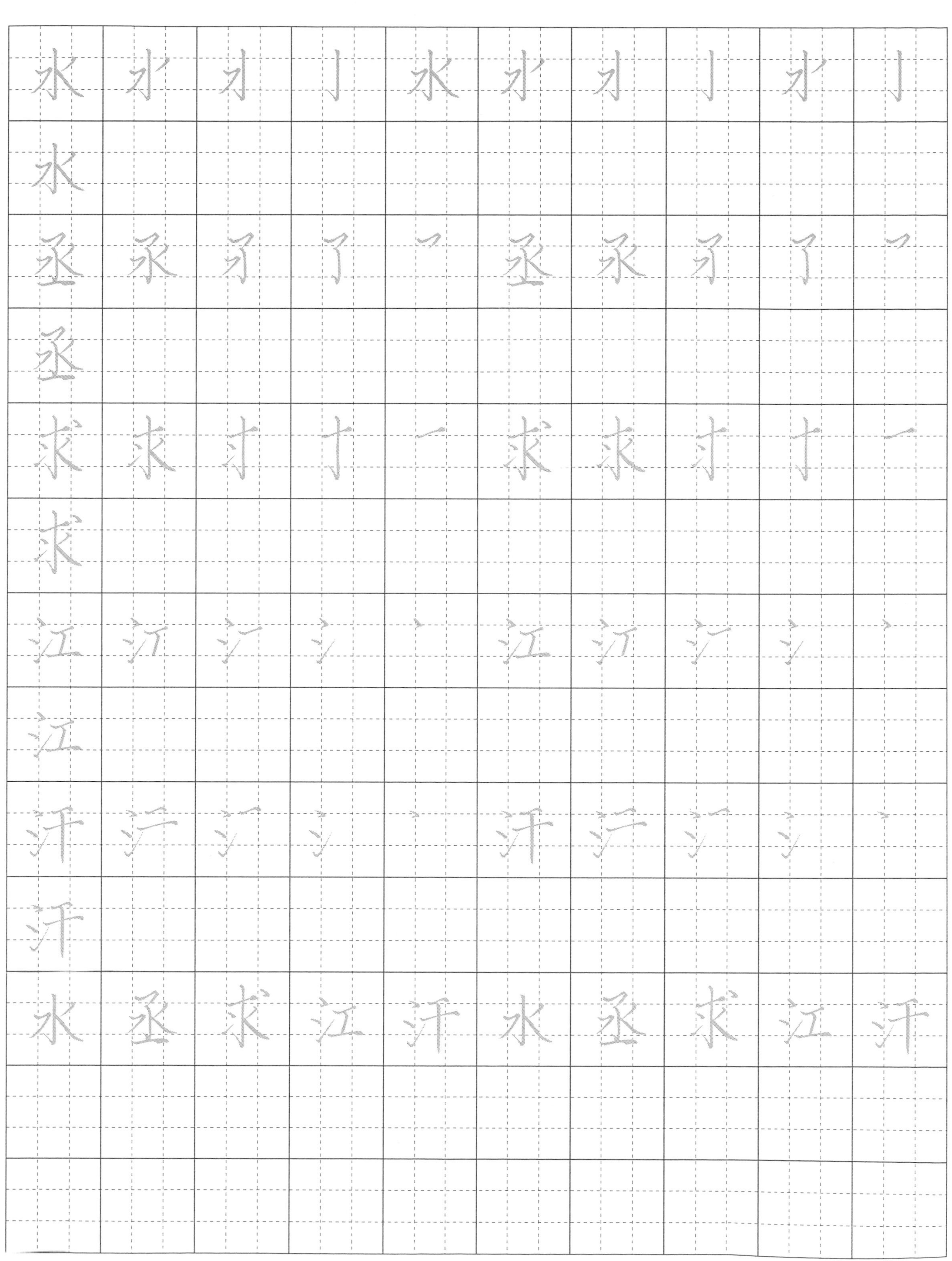

第八週部首自由練習

綜合自由練習

綜合自由練習